MAMÁ GANSA

Mamá Gansa

Una colección de rimas infantiles clásicas

SELECCIONADAS E ILUSTRADAS POR

Michael Hague

EDITORIAL EVEREST, S. A.

Colección dirigida por Raquel López Varela

Título original: *Mother Goose*
Traducción: Ángel García Aller

PRIMERA EDICIÓN, primera reimpresión, 1997

Copyright de las ilustraciones y la introducción © 1984 Michael Hague
© 1996 EDITORIAL EVEREST, S. A. para la edición española
Carretera León-La Coruña, km 5 - LEÓN
ISBN: 84-241-3347-1
Depósito legal: LE. 40-1996
Printed in Spain - Impreso en España

EDITORIAL EVERGRÁFICAS, S. L.
Carretera León-La Coruña, km 5
LEÓN (España)

A Judy Noyes y todos sus nietos

INTRODUCCIÓN

Hasta hace poco siempre había creído que Mamá Gansa era una persona real que había vivido hace mucho tiempo en un país al otro lado del mar. Asumí que su casa se encontraba en uno de esos pueblos donde todos los tejados son de paja.

No obstante, muchos estudiosos le dirán que nunca existió una *verdadera* Mamá Gansa. Otros insistirán en que las rimas de la colección realmente representan algún tipo de sátira política. Tal vez tengan razón, pero yo creo que cualquier lector serio de *Mamá Gansa* debería rechazar este tipo de interpretaciones. Durante los muchos años en que se han leído y cantado estas rimas, ningún niño ha cuestionado su contenido ni ha preguntado su significado.

Siempre he estado seguro de cómo ilustraría cada rima de Mamá Gansa. Después de todo, las imágenes se implantaron en mi mente hace muchos años. Para aquellos a quienes les faltan los ojos inexpertos de un niño, tal vez mis ilustraciones parezcan demasiado literales y llenas de detalles superfluos. Pero para mí y, espero, para mis lectores, son justamente todo lo contrario: representan la esfera de la imaginación de un niño, donde todo es posible. El dominio de Mamá Gansa no es de imágenes concretas, fijas e inflexibles. Más bien es un lugar donde lo real se mezcla con lo que no es tan real. Si pudiéramos examinar el interior de la mente de nuestro hijo, podríamos comprobar seguramente su similitud con el interior de su caja de juguetes: cada rincón surge con pequeños detalles, y ni uno de ellos es extraño o está fuera de lugar.

Me he dado cuenta de que las rimas de Mamá Gansa no están destinadas exclusivamente a los niños. También hablan a los padres de una forma muy especial. Uno de los grandes placeres de la vida es el de mecer a un hijo, acurrucado entre los brazos, repitiendo suavemente una rima de Mamá Gansa. Mientras la voz baja hasta convertirse en un susurro y el bebé se queda dormido, las palabras se convierten en un dulce canturreo, a lo largo del cual vamos estrechando al niño poco a poco contra nuestro pecho. Es difícil separarse de él y es difícil terminar la rima, así que procuramos retenerlos el mayor tiempo posible.

Hay algo, sin embargo, de agridulce en este acto. Es maravilloso acunar a un hijo en los brazos y saber que está sano y protegido, pero también es algo triste saber que, muy pronto, crecerá y no podremos volverlo a hacer. Mi esposa y yo hemos tenido el privilegio de cantar rimas a tres bebés. Me siento afortunado de tener un bebé ahora, mientras ilustro este libro, pues sólo a través de un niño es posible que la verdadera Mamá Gansa cobre vida. Cuando acuno a nuestro recién nacido, Devon, recito el verso *"Adiós, adiós, pequeñito"*. Si Devon tiene ganas de dormir es perfecto. Si no…, es mejor que lo intente su paciente mamá.

La ilustración de esta colección de rimas ha sido especialmente agradable. No he tenido miedo a ser dulce y me he divertido mucho. Después de todo, *Mamá Gansa* es un libro disparatado y lo disparatado es muy divertido.

MICHAEL HAGUE

MAMÁ GANSA

Nuestra amiga Mamá Gansa,
cuando quería viajar,
por los aires cabalgaba
sobre su ganso lunar.

11

¡Margery Daw, sube y baja!
Jacky un nuevo jefe tiene
y sólo un penique gana
porque siempre se entretiene.

Jack Sprat no come grasa
y a su mujer le fascina,
y entre los dos, dale y dale,
no salen de la cocina.

King Cole, el viejo monarca,
era el rey de la alegría,
era el rey de la comarca.
Traer su pipa ordenó,
dio tres largas bocanadas,
y a sus músicos llamó.

Cada cual con su violín,
con su violín afinado,
¡tilín, tilán, tilán tilín!,
tocaron emocionados.

Nadie se puede igualar,
óyelo bien y no insistas,
a un rey llamado King Cole
y a sus buenos violinistas.

Mary tiene un corderito
　　tan blanco como la nieve,
que por el mismo camino
　　detrás de ella siempre viene.

La siguió un día a la escuela
　　y aprovechando un descuido,
en la clase entró sin ruido
　　para jugar con los niños.

La maestra, muy asombrada,
　　echó al corderito fuera.
Pero el cordero esperaba
　　a que su amiga saliera.

"¿Por qué a Mary querrá tanto?",
　　uno y otro preguntó.
"Por el amor que le ha dado",
　　la maestra contestó.

Pon la tetera, Polly,
pon la tetera, Polly,
pon la tetera, Polly,
    vamos a tomar el té.

Quítala del fuego, Sukey,
quítala del fuego, Sukey,
quítala del fuego, Sukey,
    que el último ya se fue.

"A" grande con "a" pequeña
y la "B" que bote y baile;
el gato está en la alacena
y no puede ver a nadie.

Cuando a Bonner regresaba,
un cerdo me saludó;
su peluca no llevaba,
¡os lo juro por mi honor!

Héctor Protéctor llegó para cumplir un mandato
todo vestido de verde, desde el casco hasta el zapato.
La Reina al verlo llegar, gran disgusto se llevó.
El Rey al verlo vestido, ¡vaya cómo se enfadó!
Entonces Héctor Protéctor como vino, se marchó.

¡Minino, minón, minué!
  El gato subió al ciruelo.
¡Minino, minón, minué!
  Media corona daré
  a quien me lo baje al suelo.

23

Tres barcos cruzan a vela,
a vela cruzan tres barcos.
Tres barcos cruzan a vela
la mañana de Año Nuevo.

A bordo ¿qué es lo que llevan?
¿Qué llevan, dime, qué llevan?
A bordo ¿qué es lo que llevan
la mañana de Año Nuevo?

Tres niñas todas muy bellas,
    muy bellas todas, muy bellas.
Tres niñas todas muy bellas
    la mañana de Año Nuevo.

Cantando van en cubierta,
    tocando el violín navegan,
porque mi boda celebran
    la mañana de Año Nuevo.

Al pie de una gran montaña
una ancianita vivía;
si no ha cambiado de casa,
allí vive todavía.

26

El pequeño Tommy vive
en una pequeña casa
y todas las tardes pesca
con su gato en una charca.

Jack y Jill al cerro subieron
por un cubo de agua fresca.
Jack se cayó y se rompió la cabeza,
Jill tropezó y rodó con presteza.

28

Jack de un salto se levantó
y en la cama se acostó.
Con vinagre y limpias gasas
la cabeza se curó.

29

¡Mal–malandrín–malandrón!
　¿Quiénes serán, quiénes son
　los hombres de la bañera?
El carnicero, el cerero
y el goloso panadero.
　¡Échalos a todos fuera!
¡Mal–malandrín–malandrera!

30

¡Jack, alerta!
¡Jack, ligero!
Salta la vela
y el candelero.

Bobby Shafto se hizo al mar,
   llevaba adornos consigo.
Algún día volverá
   para casarse conmigo.

Bobby Shafto es gordo y rubio,
   cabellos color de miel.
Es mi amor, mi amor es suyo;
   y con él me casaré.

¡Hey–didel–didel–dilín!
El gato toca el violín,
la vaca salta la luna,

el perro se carcajeaba
al ver que un plato alocado
con la cuchara escapaba.

¡Jíkory–díkory–dok!
  El ratón subió al reloj,
  el reloj la una dio
  y el ratón de allí bajó.
¡Jíkory–díkory–dok!

Jack Horner quiso probar
su tarta de Navidad.
El dedo gordo metió
y una ciruela encontró.
"Sólo me puede pasar
por ser buen chico", pensó.

Un simpático hombre luna,
que a Norwich llegar quería,
a dos niñas preguntó.
En su burbuja redonda
hacia el Sur se dirigió
y por comer sopa fría
la boquita se quemó.

Humpty Dumpty en el muro se sentó,
Humpty Dumpty en el suelo se estrelló.
Todos los caballos del Rey allí fueron,
todos los hombres del Rey acudieron,
pero armarlo de nuevo, ya no pudieron.

Gatito, gatito, ¿adónde te fuiste?
A Londres me fui a ver a la Reina.
Gatito, gatito, ¿y allí tú qué hiciste?
Llevar a un ratón a su ratonera.

Miss Muffet, muy señorita,
en el jardín se sentó
para comer requesón.
Una araña muy atareada
a su lado apareció
y a Miss Muffet asustó.

¡Arre, arre, caballito! A Bambury Cross iré
a ver a una bella dama galopando en su corcel.
Diez anillos en sus manos, campanillas en sus pies,
la canción lleva con ella, la canción que yo me sé.

¡Adiós, mi niño pequeño!
Papá de caza se va;
traerá una piel de conejo,
y con ella te arropará.

Los niños y las niñas han salido a jugar
y en el cielo la luna comienza ya a pasear.
No importa si has cenado,
no importa si has dormido;
reúnete en la calle
con todos tus amigos.

Acude con un grito, con una gran llamada,
acude con humor o no acudas con nada.
Sube por la escalera y bájate del muro,
con menos de un penique compramos sin apuros.
Tú busca la leche, yo buscaré la harina
y haremos un pastel de rica gelatina.

¡Díkery, díkery, deiro!
Por el aire voló el cerdo,
pero el hombre del bombín
a su vuelo puso fin.

De rosas quisiera un aro,
de flores el bolso lleno,
cogiditos de la mano,
sentaditos en el suelo.

Érase una viejecita que en un zapato vivía,
y tantos niños cuidaba, que con ellos no podía.

48

Les daba caldo sin pan, con poco se conformaban,
y a cada uno un azote, por lo mal que se portaban.

El pequeño Willie Winkie con su largo camisón
va recorriendo las calles porque tiene una misión.
Las ventanas va tocando y en cada puerta diciendo:
"¡Ya son las ocho! ¿Ya están los niños durmiendo?".

Corren, corren, corren, tres ciegos ratoncillos,
a la esposa del granjero persiguen los muy pillos,
porque el rabo, la granjera les cortó con un cuchillo.
Dime ahora si en tu vida viste nunca algo más raro
   que tres ratoncillos ciegos corriendo sin sus rabos.

En una canasta una viejecita volaba
y hasta la misma luna, llegaba.
Mas nadie sabía. Nadie preguntaba
por qué en una mano la escoba llevaba.
　　—Viejecita, viejecita, dime, ¿adónde vas?
　　—Las telarañas del cielo yo voy a quitar.
　　—¿Tal vez yo podría ir al cielo contigo?
　　—Pues claro que sí,
¡te llevo conmigo!

Hazme un bizcocho, señor pastelero.
Un rico bizcocho es lo que quiero.
Bátelo, amásalo y ponle una "B"
porque así le gusta a mi bebé.

53

Las velas eran de seda
   y los mástiles de oro.
La bodega iba repleta
   de joyas y otros tesoros.

Veinticuatro marineros
   se afanaban sin resuello:
los veinticuatro ratones
   con cadenas en el cuello.

Lluvia, lluvia, no vengas todavía.
Es mejor que regreses otro día.

Mary, Mary, ¿estás muy enfadada
porque en tu huerto no crece nada?
Campanillas plateadas y bellas lilas
geranios primorosos, todos en fila.

Niño azul como el mar
tu cuerno no oigo sonar.
En la pradera, la oveja,
en el maizal, la vaquita,
pero ¿dónde está el pastor
que cuida las ovejitas?

58

Al pie de un montón de heno
el pastor dormido está.
¿Quién quiere robarle el sueño?
¿Quién lo quiere despertar?
No lo hagas, no lo hagas.
Si lo haces, va a llorar.

Mucho gusto, soy Juanita.
Juanita salta que salta.
¿Por qué nadie está conmigo?
Me he quedado sin amigos.

Mi pequeño Juanito, lirén, lirén, lirón,
se fue a la cama con camisa y pantalón,
con un zapato puesto y con el otro no.
Mi pequeño Juanito, lirén, lirén, lirón.

¡Arrurru, mi niño, duérmete ya!
Que si el viento sopla, la cuna mecerá;
si la rama se rompe, al suelo caerá.
¡Duérmete, mi niño, duérmete ya!

¡Panecitos redondos,
panecitos calientes!
¡Uno por penique,
por penique un par!
Si a tus hijas no les gustan,
tus hijos sí los querrán.

Beee, beee, negra ovejita,
   ¿tienes lana para mí?
¡Cómo no, cómo no!
   Tengo tres sacos de lana:
Uno para el dueño,
   otro para su dama,
y para el niño pequeño
   que vive en una cabaña.

64

Ricitos, ricitos negros,
  si algún día fueses mía,
no cuidarías los cerdos,
  ni los platos fregarías.
Bordarías fina seda
  sentadita en una almohada.
Comerías ricas fresas,
  y dulces de mermelada.

Tommy Tucker canta y canta
para buscar su comida.
¿Qué le daremos a Tommy?
Un pan blanco y mantequilla.
Mas ¿cómo lo va a cortar
sin cuchillo siquiera?
Mas ¿cómo se va a casar
si aún no tiene quien lo quiera?

Una mañana de niebla
teñido de gris el cielo
a un anciano conocí
todo vestido de cuero.
Todo vestido de cuero,
con un gorro en la barbilla.
—Encantada, caballero.
—Encantado, señorita.

Brilla, mi estrellita, brilla,
que verte la cara quiero
allá arriba, más arriba,
como un diamante en el cielo.

ÍNDICE DE PRIMERAS LÍNEAS